TEXTO
AMARA HARTMANN

ILUSTRAÇÕES
MARIA CARVALHO

Maria e as Doze Flores

2ª edição

Copyright do texto © 2021 Amara Hartmann
Copyright das ilustrações © 2021 Maria Carvalho

Direção e curadoria	Fábia Alvim
Gestão comercial	Rochelle Mateika
Gestão editorial	Felipe Augusto Neves Silva
Direção de arte	Matheus de Sá
Diagramação	Luisa Marcelino
Revisão	Thayslane Ferreira

Dados Internacionais de Catalogação na Publicação (CIP) de acordo com ISBD

H333m   Hartmann, Amara

        Maria e as doze flores / Amara Hartmann ; ilustrado por Maria Carvalho. - 2. ed. - São Paulo, SP : Saíra Editorial, 2021.
        24 p. : il. ; 20,5cm x 20,5cm.

        ISBN: 978-65-86236-24-8

        1. Literatura infantil. I. Carvalho, Maria. II. Título.

2021-1247
                                        CDD 028.5
                                        CDU 82-93

Elaborado por Vagner Rodolfo da Silva - CRB-8/9410

Índice para catálogo sistemático:
1. Literatura infantil 028.5
2. Literatura infantil 82-93

Todos os direitos reservados à

Saíra Editorial
Rua Doutor Samuel Porto, 396
Vila da Saúde – 04054-010 – São Paulo, SP
Tel.: (11) 5594 0601 | (11) 9 5967 2453
www.sairaeditorial.com.br | *editorial@sairaeditorial.com.br*
Instagram: @sairaeditorial

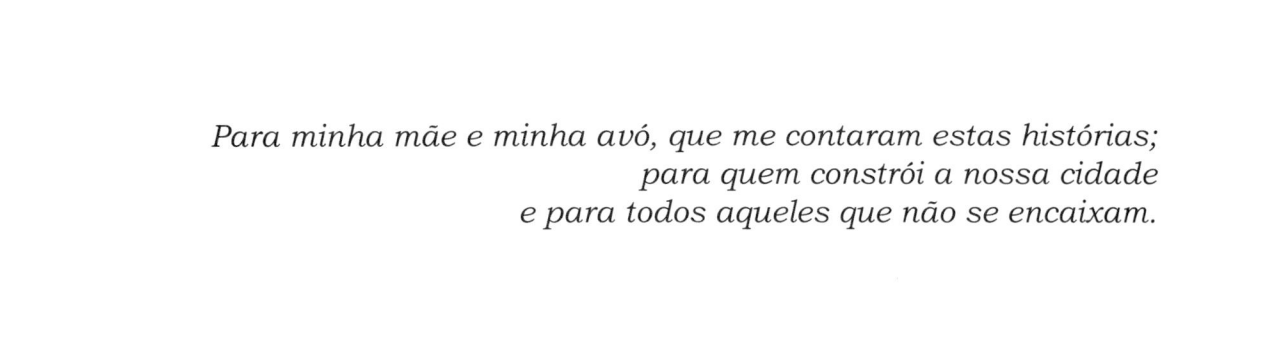

*Para minha mãe e minha avó, que me contaram estas histórias;
para quem constrói a nossa cidade
e para todos aqueles que não se encaixam.*

Sobre a autora

Amara Hartmann é atriz formada em Teatro e atua, desde os 17 anos, em diversos espetáculos, curtas e vídeos publicitários. A leitura e a escrita sempre foram sua paixão e, recentemente, publicou o livro *A comadre Fulozinha e a magia da Tyba* e integrou o caderno "Onde Caber", do Itaú Cultural, no Festival Arte como Respiro. Durante a pandemia da COVID-19, a artista voltou-se às suas raízes, produzindo diversos textos sobre quem é e de onde vem.

Quando criança, seu sonho era deixar o mundo mais colorido com sua arte. Amara fazia pastas com imagens inspiradoras e escrevia textos sobre elas. Como era filha única, criar histórias e viajar nesse universo era sua brincadeira preferida. Seu livro favorito da infância era um que virava um miniteatro de papel, com as falas das personagens, para que os bonecos pudessem atuar.

Depois de tantos anos, essa paixão por livros e histórias só aumentou. E, mesmo com tantas adversidades, ela nunca duvidou de que isso seria sua principal missão na vida.

Apresentação

O Hospital Psiquiátrico do Juquery foi construído em 1888, à beira da São Paulo Railway, ferrovia que ligava Santos a Jundiaí. A cidade de Franco da Rocha formou-se às margens do Hospital, por conta de seus funcionários e da movimentação que ele criava.

Antigamente, quando alguém tinha algum "problema na cabeça", era mandado para lá. Às vezes, as pessoas nem tinham "problemas", mas acabavam lá por discordarem da chamada normalidade ou por viverem uma vida que não condizia com ela. Com o tempo, todos foram percebendo que os tratamentos do Juquery não ajudavam o paciente – e, na realidade, pioravam-no bastante.

Por isso, em 2001, houve a reforma psiquiátrica – segundo a qual o melhor lugar para o tratamento é com a família, e não em isolamento num grande hospital. Desde então, o Juquery não funciona como antes.

E isso é uma ótima notícia para todos os que precisam de tratamentos psiquiátricos.

Todos os dias, Maria ia para o trabalho de sua mãe com ela. Sua mãe se chamava Dora e trabalhava no Hospital do Juquery. Lá, havia uma creche onde Maria ficava enquanto Dora trabalhava. O Juquery era um lugar que cuidava das pessoas que estavam doentes e de que, por algum motivo, a família não podia cuidar. Por isso, a mãe de Maria cuidava delas.

Elas subiam no trem na estação de Francisco Morato e desciam em Franco da Rocha. Logo depois de saírem da estação, entravam na Avenida dos Coqueiros. A Avenida dos Coqueiros era a parte do caminho preferida de Maria, pois havia muitas árvores e flores. No final da rua, elas atravessavam a ponte do Rio Juquery. Cruzavam a portaria com o arco de entrada e chegavam ao Parque Estadual. Depois de andarem um pouco lá dentro e passarem pela casa de Franco da Rocha – o homem que deu o nome à cidade –, elas atravessavam um pavilhão e chegavam à creche.

Maria tinha muito medo de atravessar o pavilhão, pois era escuro e havia muitas pacientes lá. As janelas dentro do prédio amarelo eram grandes, mas, mesmo assim, parecia que a luz não entrava. Todos os dias, ela tentava de uma maneira diferente não olhar para as mulheres. Alguns dias, ela olhava os passos no piso do chão. Às vezes, olhava para o teto. Também tentou olhar para os objetos, as camas em que cada uma das pacientes dormia. Eram 12 camas. As pacientes usavam vestidos azuis e tentavam falar com ela. Mas o que Maria mais tentava era se esconder debaixo do avental da mãe.

Num belo dia, no caminho de sempre, depois de descer do trem, Maria viu algo que nunca tinha visto antes: na Avenida dos Coqueiros, havia uma árvore enorme com lindas flores vermelhas em que ela nunca havia reparado. Quando ela e sua mãe foram passar por debaixo dela, Maria reparou que as mais belas florzinhas estavam caídas no chão. Decidiu pegar uma do chão e colocar atrás da orelha. Atravessou o rio, cruzou o arco, entrou no parque.

Quando foi cruzar o pavilhão, uma das pacientes chegou muito perto de Maria. Sem saber o que fazer, Maria tirou a florzinha da orelha e entregou à paciente. No momento em que a mulher pegou a flor, seus olhos se encheram de lágrimas e ela sorriu. Maria também sorriu e seguiu seu caminho.

No dia seguinte, Maria subiu no trem, desceu do trem. Passou pela Avenida dos Coqueiros, olhou para as florzinhas e lembrou-se do sorriso da mulher. Passou pelo rio, cruzou o arco e entrou no parque. Quando entrou no pavilhão, contou o número de camas.

1, 2, 3, 4, 5, 6, 7, 8, 9, 10, 11, 12.

Foi para a creche.

No outro dia, Maria subiu no trem, desceu do trem. Passou pela Avenida dos Coqueiros, debaixo da árvore grande e bonita, e pegou mais 12 flores que estavam caídas no chão. Passou pelo rio, cruzou o arco e entrou no parque. Quando entrou no pavilhão, Maria pediu à mãe que esperasse e deu uma flor a cada mulher.

Todas sorriram e, a partir daquele momento, Maria não sentiu mais medo. E esperava pelo dia seguinte, para pegar 12 flores de novo e o dia daquelas mulheres mudar.

Esta obra foi composta em Bookman Old Style e em Farm New
e impressa pela Color System em offset
sobre papel couché fosco 150 g/m² para a Saíra Editorial
em maio de 2021